우리 회원 모두가 이 책으로 더욱 더 마음을 열어 기쁨과 건강과 행복이 늘 곁에 있어 주기를 간곡히 바라마지 않습니다.

출간하는데 첫경험이라서 부족하거나 소홀한 부분이 있더라도 조금 이해하며 좋은 책으로 받아들여 주셨으면 감사하겠습니다.

문학 예술지 출간 격려사

류시호
(한국문학예술인협회 상임고문)

한국문학예술인협회를 2017년 3월에 창립하여, 2개월에 한 번씩 문학과 예술가들 축제를 했다. 그동안 많은 예술인들이 협조를 잘 해주어 다른 문학예술 단체들이 부러워하는 협회가 되었다.

행사 때마다 시 낭송, 악기연주, 가곡, 팝송, 가요 등 자신의 달란트를 잘 발표했고, 2020년 동인지를 발간하였지만 문학지가 없어 아쉬웠다. 그런데 이번에 한규원 회장의 결단으로 문학과 예술인 문예지를 출간하게 되어 협회 설립자로서 기쁘다.

우리 협회는 시인, 수필가, 소설가, 시낭송가, 동화구연가, 여행작

문학과 예술인의 한마당 축제

강성화 강영숙 강정운 강종림 김만영 김병례 김석인 김성희 김세영
김시언 김아가타 김영미 김영숙 김윤곤 김재옥 류시호 류일화 명금자
박미향 박소영 박금순 배명숙 배종우 배풍국 서대봉 손현수 신희자
안재헌 유미애 윤성식 유영훈 윤윤호 윤은진 여운만 이미화 이성희
이순옥 이옥금 이재성 이재신 이정순 임상빈 장봉순 정옥희 정유주
조영자 조혜숙 최규순 최민경 최용란 한규원 홍서영 홍익표 황명희

한국문학예술인협회

벅찬 가슴을 여미며

한규원
(한국문학예술인협회 회장)

　문학과 예술인의 한마당의 책을 편집하면서 부족하지만 시작한다는
용기와 집념, 책임감을 느끼고 노력해왔습니다

　이 책은 문학과 예술을 아울러 실려져 있어 일반 서적과는 의미가
다르다 볼 수 있습니다. 일상에서 이루어지는 재능이나 평범한 생활상
을 글로나 그림, 사진 기타로 나를 알리고 나의 존재감을 높이고 기
쁨과 행복도 가져다 주며 생활하는데 긍지와 삶에 활력소가 될 수 있
다고 생각합니다.

　저는 우리 한국문학과 예술인의 얼굴과 재능, 지혜를 한데 모아 서
로를 알아가며 상호 의존하며 소통하고자 노력해 왔습니다.

　드디어 책을 출간 한다는 기쁨에 들 떠 있습니다.

가, 사진작가, 화가, 연기자, 작곡가, 국악인, 무용가, 가수, 성악가, 웃음치료사, 전업주부, 악기연주자, 평생교육원 시낭송 교수 등 예술가들 한 분 한 분 모두가 자기 분야에서 최고라는 자부심을 갖고 함께하고 있다.

문학과 예술을 선도하는 한국문학예술인협회에는 자매 단체 '비둘기 창작사랑방'이 있어, 새롭게 시작하는 문학 지망생과 기존 문인 중 변화하는 문학 환경을 연구하고 토론하며 글쓰기를 연마하고 등단도 시키고 있다. 최근에 비둘기 창작사랑방 8기를 배출하였는데, 한국문학예술인협회를 발전시키는데 배양토가 되리라 생각한다.

앞으로 한국문학예술인협회가 대한민국의 문학과 예술을 선도하는 단체로 거듭나길 기대하며, 함께 하는 회원 모두 중년 이후 즐거운 삶의 기회가 되었으면 한다. 그리고 '100편의 시를 쓰기보다, 100사람을 울리는 1편의 시가 중요하다.'는 명언처럼 고운 글을 쓰자. 끝으로 아프리카 속담 "노인 한 명이 사라지면, 도서관 하나가 사라지는 것과 같다."는 말처럼 신중년을 살면서 우리 모두 소중한 사람임을 잊지 말고 아름답게 살자.

문학과 예술인의 한마당 축제 발간을 축하하며

(한국문학예술인협회 고문)
김세영

안녕하십니까?

류시호 대표님의 추천으로 한국문학예술인협회에 가입한 지 오년이 되었습니다. 그동안 카톡방에서 작품을 올리고 댓글을 나누는 등 온라인 활동을 하였습니다만 오프라인 행사에는 이런저런 사유로 두 번밖에 참석하지 못했습니다.

열정적이고 활력이 넘치는 류시호 대표님이 이끄는 우리 협회는 글 쓰시는 분뿐만 아니라. 낭송하시는 분, 그림 그리시는 분, 사진 찍으시는 분, 음악 하시는 분, 무용하시는 분, 교육하시는 분, 사회사업 하시는 분 등등, 여러 분야의 선생님들이 참여하고 계십니다. 그래서 서로에게서 배울 점도 많고, 서로 간에 도움을 줄 수 있어서 단순한 문학예술 단체 그 이상의 사회 친교적 의의가 큰, 재미있고 유익한 단체라고 생각합니다. 저는 내과 전문의로서 현재 개원을 하고 있습니다. 시인으로서는 한국의사시인회 고문직과 시전문잡지 포에트리슬램의 편집인 직책을 맡고 있습니다. 회원님들의 건강상담의가 되겠습니다.

그리고 타 단체보다 문학관 탐방, 예술공연 관람 등 오프라인 행사 모임이 많아서 회원 간의 친화가 매우 돈독한 것 같습니다. 그래서 앞으로 우리 단체가 국내 최고의 문학예술인 단체가 될 것이라고 희망적으로 확신적인 믿음이 듭니다.

수년간 차량 시화전을 하시고 최근 문학관을 개관하는 등 류대표 못지않게 열정적이고 친화력이 크신 한규원 회장님이 이번에 여러 회원님들의 작품들을 취합하여 한마당 문집을 창간하신다니, 더욱 그 헌신적 역량에 경의와 감사를 드립니다.

이번 출간으로 내실 있는 단체로서 본회의 대외적 위상이 한층 높아지리라 기대되어, 회원의 한 사람으로 감사와 기쁜 마음으로 문집 출간 인사말을 올립니다.
감사합니다.

문학과 예술인의 한마당 축제 발간을 축하하며

이재성
(한국문학예술인협회 고문)

인생은 그네를 타고 행복과 불행사이를 오간다고 했던가 그것은 지위고하를 막론하고 누구에게나 다가오는 운명이기도 하다.

두 번 실수도 없고 한번 살지 않을 수도 없는 피동적인 인생길을 행복도 불행도 내 것이라면 그것은 쓸어안고 달래가면서 살아가야 되리라 그러기에 지혜로운 사람은 불행 속에 서도 예술이라는 대리 만족으로 그 순간을 행복으로 전환하지요.

정신적부와 행복을 창조하는 사명으로 태어난 한국문학예술인협회가는 길이 지구가 햇빛에 녹아 없어질 때까지 사회에 빛과 소금이 되길 기원합니다.

2021년 봄. 강원도 화천에서

인사동 한마당에서

인사동 한마당에서

인사동 한마당에서

2021년 송년회(기술사 회관)

2019년 봄. 한규원 『도도한 여자』 출간 기념회에서

21년 봄. 이재성 고문댁에서

21년 봄. 세계평화의 종 앞에서

22년 2분기 행사(성북구청 아트홀)

21년 5월. 종자와 시인 박물관에서

1호실. 작가 서적, 한시 등 전시

2호실. 화병과 가방 전시

3호실. 화병과 어록 액자 전시

4호실 시화 전시

야외 서적 및 독서 관람실

22년 3월 미석 문학관 개관

야외 시어록 시화 전시

미석 문학관 입구

언덕위에 애국가 및 좋은 단어 전시

미석 문학관 위치
충남 논산시 광석면 갈산 2길 28

전화번호: 041-732-7101
휴대전화: 010-4640-7101
관장 한규원

야외 전시용 시를 실어 나르는 차

CONTENTS

문학과 예술인의 한마당 축제

회원 작품

정읍 상춘곡대회

대상 수여식 모습

강정운

시낭송가
한국문학예술인협회 자문위원
청암문학작가협회 부회장
윤봉길전국시낭송대회 대상 , 정읍전국상춘곡대회 대상
국제시낭송전국대회 대상 등, 수상 다수

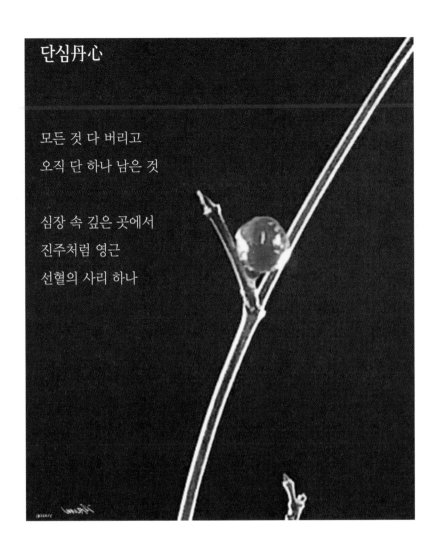

단심丹心

모든 것 다 버리고
오직 단 하나 남은 것

심장 속 깊은 곳에서
진주처럼 영근
선혈의 사리 하나

김세영

2007년 「미네르바」시 등단. 시전문지 『포에트리 슬램』편집인
한국의사시인회 고문
시집 『하늘거미집』 서정시선집 『버드나무의 눈빛』
디카시집 『눈과 심장』
제9회 미네르바 문학상, 제14회 한국문협 작가상

하늘새 둥지

하늘공원에는 둥지 마을이 있다
억새의 머리채 같은,
동피랑 벽화마을 같은 집들이 있다

하늘의 족속들이라, 밤에는
천상의 꿈을 품는 별자리가 된다

별 헤는 밤(A Night of Counting Start)

김시언

서울 금호고등학교 3학년 재학 중
브뤼아트 컴퍼티 대표(Brut Art Company CEO)
한양대학교 영재교육원 연합전시(2021.12)
브런치 갤러리 카페 〈메이비 May B〉 작품 전시 중
갤러리 카페 〈MOMA〉 초대전(2022. 10. 15 ~ 11. 14)

반딧불 숲(Glowfly Light of Forest)

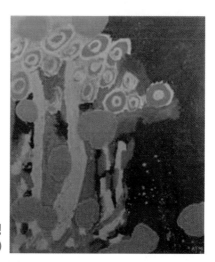

피아노가 보이는 풍경
(A View of The Piano)

박금순

서울K품바창극 단장
2004년~2019년 전국암환자 웃음강의 봉사
2011년 아침마당 그 외 여러방송 출연
2016년 한국을 빛낸 봉사상
2017년 미국시니어 15년 행사 공로상
웃음치료 디스코장구, 민요자격증 등

숲속 작은 도서관

맑은 공기 가득한 산책길에서 만나는, '숲속 작은 도서관', 소나무, 상수리나무, 단풍나무…… 나무들이 오솔길을 만들고, 개나리, 진달래, 목련, 장미, 목백일홍, 코스모스……

철마다 예쁜 꽃들이 반겨주는 곳! 그리 크지 않은 숲속에 작은 도서관! 언젠가부터 '나의 꿈'이라는 란에 '숲속 작은 도서관'이라고 적어보곤 했다.

그림책이 가득한 1층엔 유아들과 엄마들을 위한 공간, 때로는 물감놀이, 엄마와 함께 Own book 만들기도 해볼 수 있는 곳, 자녀 양육에 필요한 도서를 마음껏 읽을 수 있는 곳, 가끔은 이슈를 함께 고민하고 지혜를 함께 나눌 수 있는 그룹 활동도 가능한 곳, 인문학, 심리학, 자기계발서 등 고전과 신간들이 가득한 곳, 알 수 없는 자신의 마음을 살피고 미래의 로드맵도 그려보고 성장을 돕고 미래를 준비해보는 '코칭상담실'도 있는 숲속 도서관! 그리고 벽에는 맑은 수채화가 있는 숲속 작은 도서관! 그것이 내가 꿈꾸는 도서관이다.

교직에 있을 때, 퇴근후 일주일에 4~5일정도는 화실로 향하던 때가 있었다. 주제를 선정하고 사물을 관찰하며, 밑그림을 그릴 때부터 완성하기까지의 정성! 내가 그린 수채화가 하나씩 늘어갈 때마다 '이 그림 어디에 걸까?' 하는 생각을 하다가 '카페를 차릴까?' 그러다가 어느 날 문득 동네 도서관에 갔는데…… '앗! 도서관장이 되고 싶다.' 라는 생각, 그러다가 문득 '이 수채화를 걸 수 있는 숲속 도서관'을……
꿈꾸기 시작했다. 아직은 꿈으로 남아 있기에 아쉬움이 크지만 한국
문학예술협회를 통해서 다시 나의 사랑하는 수채화들을 떠올려 본다.

  아래 두 그림을 존경하는 두 분, 한규원 회장님의 미석문학관에 그
리고 김시동 회장님의 정문각, 봉화빌딩에 기증하게 되어 기쁘다.

어느 해 가을 이야기

수확의 기쁨(미석문학관 개관 축하)

맑은 소리(책과 음악에 심은 사랑 출간 축하)

배명숙

마중물코칭심리연구소 소장, 한국코치협회 전문코치(KPC), 교육연수원 티처빌(미래지도사과정) 강사, 강동송파교육청 학교폭력대책 심의위원, (사)미래준비포럼 회원, (사)새조위, 북한이탈주민 전문 상담위원, 한국문학예술인협회 회원. 출간: 『RIANBOW 질문카드 & 자기발견카드』(2021, 인싸이트심리검사연구소), 『현장실전 코칭』(2021, 동화세상에듀코, 공저)

부평 감리교회 찬양대회 참석

충남 태안교회 찬양집회

선교회 봉사활동(소외 된 분들을 위한)

배종우

영락교회 3부 시온성가대 테너
헵시바 합창단 테너

돌아와요 충무항에서

통영에서

한산도 충무공 유적지에서

안재헌

수필가
한국문학예술인협회 자문위원
대산문학 부회장

박덕은 교수 개인전에서

백제역사 유적지구 공산성에서

아늑한 절탑 앞에서

윤윤호

한국문학예술인협회 자문위원

2019년 한국학원 총연합회 전국음악
교육협의회 총예술제 연주

2022년 한국문학예술인협회 연주

2022년 체부동 시민음악제 연주

이미화

사)한국팬플룻 오카리나 강사협회 중부지회장
사)한국학원총연합회 음악교육협의회 자문
팬플룻 음악협회오카리나 앙상블 단장
CTS 오카리나 오케스트라 단원
CTS 시니어 성우, 로뎀음악학원 원장

12사도길 쉼

쉼

마음 그리다

조영자

호남대학교 미술학과 서양화 전공
개인전 2회, 사생회전, 드로잉 정기전, 그룹전 다수
컬러 코칭 및 치유의 그림전, 스페인 봄 여행전
광주 미술협회, 사생회, 드로잉, 호우회 회원
미술치료, 색채심리 상담사
화실)전남 담양군 가사 문학면 화암길 노란집

감동과 감성을 함께하는 드림카페가 소통의 장소로

시민의 눈으로 시민의 목소리로

황명희

1958년 강원도 춘천 출생
1979년 서울예대 문창과 졸업
2017년 노원FM "황명희의 드림카페" 팟캐스트 방송 시작
2022년 현재 191회 진행중
2022년 현재 TBS 우리동네 라디오 프로그램 진행자

수유리 음악실에서 열창하는 모습

파주 자유로에서 코스모스와 함께

포천 산정호수에서 꽃들과 함께 미소를

최민경

노래를 좋아하는 사람
비둘기 창작방에서 시, 수필 공부중
노래가 좋아 열공중

논산에서 만나요(노래)

1절

논산의 원지명이 놀뫼라는것을

얼핏마음으로 휘돌아볼까요

먼저본 탑정호 출렁다리떠오르고

계백장군유적지 돈암서원 은진미륵 썬샤인랜드

너무너무좋와요

볼거리가다양한이곳

봄여름가을겨울

언제라도좋와요

알콩달콩 즐겨보와요

논산에서 우리만나요

홍익표

논산 출생
강동구의원
(주) 계룡관리 대표이사

2절

논산의 특산물이

딸기라는것을 과연둘러보면

그것뿐일까요

우선 계룡산

신선누에 생각나고 강경전통 맛깔젓 연산대추 양촌곶감

가야곡 왕주도 아주아주좋와요

먹거리가 풍부한이곳

봄.여름 가을 겨울 언제라도좋와요

알콩달콩 즐겨보와요 논산에서 우리만나요

봄여름가을겨울

언제라도좋와요 알콩달콩

즐겨보와요

논산에서 우리만나요

논산에서 우리만나요

사랑이

행복한 해바라기 여인

휴식

최규순

서양화가
홍익대학원 채색화, 동양화 전공수료
(사)한국미술협회, (사)인천광역시 미술협회 회원
한국 녹색회 회원, 인사동 사람들, 예솔회 회장(현)
미석문학관 문화원장, G-ART 회원
한국문학예술인협회 자문위원

회원 작품

평안의 자유

미국처럼 대영토를 가졌다면
소련처럼 다민족을 가졌다면
나라를 둘로 갈라놓는 것을 보고 있었겠나.

미국이 공산국가였다면
소련이 자유국가였다면
갈라진 이 땅 우리들의 자유 느끼고 있었겠나.

삼팔선 북쪽에 살았다면
평화가 무엇인가, 자유가 무엇인가?
그것을 알기도 전에 죽어가는 길을 걸었을 것이다

삼팔선 남쪽에 우리는
희망없이 사는 법을 배우지 못했기에
평화와 자유 속에 죽어가니 두려워하지 마라

바람 속에 살아도 평안하라

To day

당신은 세상의 기쁨입니다
그러니 어떠한 경우에도
자신을 믿어야 합니다
세상도 당신을 믿기 때문에
오늘을 살아가는 것입니다

당신은 세상의 인생입니다
그러니 어떠한 경우에도
자신을 사랑해야 합니다
세상은 당신의 사랑 때문에
오늘이 특별한 것입니다

강성화

아호: 수연(秀聯)
샘터문학 회원, 한용운문학 회원
샘터가곡동인 회원, 한국문학예술인협회 회원
글벗문학회 회원샘터문학상
신인상수상(詩 등단)

그리운 어머니 방

두메산골 건들 바람은
서서히 일찍도 찾아든다

기왓집 지붕 위로 둥근 보름달이
온 천지를 환하게 비춰주고

마루 밑에 어두컴컴한 곳에서는
누렁이가 검은 그림자가
일렁이면 목이 아프도록 짖어댄다

오빠와 여동생은 평상 끝에 걸터앉아
어슴푸레한 달빛 아래
떠다니는 뭉게구름을 바라보며

구성진 목소리로
흘러간 노래를 불러 보면서
밤을 지세웠다

"엄마가 섬 그늘에 굴 따러가면 아기가 혼자 남아 집을 보다가 바
다가 불러주는 자장노래에 팔배고 스르르 잠이 듭니다"

동요 노래 가사처럼 굴이나 따러 갔으면 좋겠다
기다리는 기대라도 할 수 있게

어머니의 방 이젠 이방 저방 다 열어 보아도
어머니의 환하게 미소띤 모습은
어디라도 찾아 볼 수가 없다

지금 어머니는 하늘 나라에
여행하기 위해 어느 간이 역에서
준비 중에 계신다

보고픈 내 어머니
그곳에서나마 외롭지 마시고
잘 지내시길 기도합니다.

아버지의 뒷모습

덜컹덜컹, 철없는 강아지(딸)을 보기 위해
시골 완행버스를 타시고
먼 길을 구비구비 돌아오셨다

살가운 곳이라곤 찾아 볼 수도 없는 딸
병아리 눈물만큼 적은 용돈을
넣어 드렸더니 뿌리치시며

대문 밖에서 가시던 발길 멈추고
두 눈에 닭똥 같은 눈물을 감추려
가만히 먼 하늘을 쳐다보셨던 아버지

게 등판 같은 딱딱한 손이라도 한번 잡아볼걸
굵게 파인 얼굴에 훈장이라도 만져볼걸
어 슬프게나마 사랑한다고 해볼걸

사그락사그락 메마른 소리
끝이 보이지 않은 그리움 때늦은 후회를

기억 나는 마지막 뒷모습
한없이 애처롭다 사랑하는 나의 아버지.

강영숙

계간 한국창작문학, 신인상 수필등단,
한국문학예술인협회 자문위원
화성시 야간 도보 민간기동 순찰대원
화성시 송린 이음터 도서위원
안산시 KR_POP, 아카데미 합창단원
아트플랫폼(연작), A_Story 단편기고

순백의 사랑

오지게도 피었네
달콤한 향

하얀 나비 너울너울
윙윙 꿀벌들 사랑놀이

피고 싶을 때 피고
지고 싶을 때 지는 건
내 마음을 닮았다

쏙쏙 피어나는 자연의 사랑
오감으로 보고 먹고 마시며

마음속에 담아 둘 손 발이 바쁘다
하굣길 친구들과 가위바위보
이파리 훑어내고 돌돌 말아
새색시인 듯 머리에 향기 넣고

마음 그득
모든 시간 속에 편해지는 여유
순백의 사랑 아카시아꽃.

백세꽃(百歲)

아흔아홉 봉우리
무지개다리 건너
천상의 고운 자리에 모셔드리고

빈자리에 심은 화초 하나
날마다 너 한 모금 나 한 모금
사이좋게 나눠 마셨지만

누렇게 들뜬 얼굴
"이것도 늙은이는 싫어하더라"

며느리의 가슴에 쑥 안긴 군자란
따스한 햇살 피어나고

살랑살랑 바람스치니
마음에 큰 사랑까지꺼내

한 송이 두 송이 피어나는 꽃다발
백세에도 활짝 핀 우리 어머니의
환한 웃음꽃이어라.

朗月 강종림

문학바탕 시부문 등단(2008)
저서『저 살았어요』(2015)
(현)한국국학진흥원 아름다운 이야기 할머니
(현)강남 시니어 모델
(현)101세 시어머님 섬기기

주민자치 봉사로 느끼는 소확행

안녕하세요?

저는 방학3동 주민자치 자연생태 환경분과위원 김만영입니다. 지역 활동을 하면서 동네 사람들도 많이 알았고 또한 저희 가게도 많이 찾아 주셔서 정말로 고맙다는 인사를 드립니다.

생태계가 파괴되고 있는 지구에 올바른 환경 의식으로 생활 곳곳 작은 것부터 환경을 아끼고 절약하는 실천을 해야 한다고 생각합니다.

자연생태 환경분과의 마을 화단 만들기는 소.확.행의 실천이기에 너무나 기억에 남습니다.

또 크린업데이때도 한마음 한뜻으로 일사천리 하게 청소가 진행된 것을 보고 역시 뭉치면 산다는 명언을 생각하게 되었습니다. 봉사는 희생과 배려하는 따뜻한 마음 없이는 할 수 없다고 생각합니다.

분과마다 열정적이고 감동적인 보면서 위원님들한테서 저는 향 냄새를 맡았습니다. 화장품 향이 아니고 하늘의 향입니다. 하늘에서 꼭 복을 주실 것같아요. 그래서 저는 내 눈도 뜨고 동네 사람들의 눈도 뜨게 해주니 주민자치회 활동은 효녀 심청이라고 감히 말해봅니다.

올해는 포스트코로나에 비대면으로 활약했지만 코로나가 어서 빨리 종식되어 다시 만났으면 좋겠습니다.

애벌레가 허물을 벗고 성충이 되듯이 자연생태 환경에 복원사업이 지속해서 관철되기를 희망합니다. 깨끗한 환경 만드는 도전은 언제나 아름답고 보람이 있으니까요.

우리 방학3동은 훌륭하신 위원장님과 스태프분들 또 유기훈 의원님 고금숙 의원님이 계시기에 더욱더 발전하리라 믿습니다. 저는 우리의 전통 발효 음식처럼 구수한 맛을 내는 깊은 정성으로 힘닿는 데까지 열심히 봉사하며 살겠습니다. 방학3동 주민자치회 파이팅! 감사합니다.

소확행: 소소하지만 확실한 행복

만남

사람이 하늘처럼 맑아 보일 때가 있습니다.

그때는 그 사람들한테서 하늘 냄새를 맡지요. 시간을 죽이기 위해서 찾는 친구보다는 시간을 살리기 위해 만나는 친구야말로 진정한 벗이라 생각합니다.

세상은 너무도 빠르게 움직이고 있고 우리는 고령화 시대를 맞이했지요. 우리의 인생은 육십부터라는 말이 있습니다. 팔십, 구십을 몸과 마음이 건강하게 살려면 도파민+엔도르핀이 나올 수 있는 즐겁고 행복한 생활을 준비하고 만들어가면서 사는 삶이 아닐까 싶어요.

권력에 끝까지 의지하지 말고 복도 혼자 다 누리지 말고, 옆에 있는 친구, 뒤에 벗들 돌보면서 공유하는 만남은 거문고 줄처럼 따로따로 떨어져 있어도 좋은 소리를 내듯이, 한 울타리에 다 모여 살고 있진 않지만, 공감대를 형성할 수 있는 보배의 굴레가 아닐는지요.

개똥밭에 굴러도 저승보다 이승이 좋다는 옛말이 있듯이 고령화 시대에 많은 만남을 통해 좋은 에너지를 축적합시다.

김만영

심한박 식당 대표
방학3동 주민자치회 위원

가을밤 빗속에서

가을비가 다소 억세다
억센들 나를 이길쏘냐

하얀 비닐우산 받쳐들고
능소화 배롱꽃 진 길섶에 든다

빗방울에 숨죽인
가을 풀벌레들과
밤하늘 별과 달을 찾다가

오래전에 져버린 내 청춘의 꽃들과
별 달 풀벌레들을 비로서 깨우노라

아
생은 숨죽였다
펄떡이고 그대와 나

가슴속엔 두 마음 치열하여도
오직 길은 한방향 뿐 임을 알기에
이 거센 가을 밤 빗속을 유유자적하노라.

모정

파란 달개비꽃 곁에서
오늘도 너를 기다리노라

세상 강은
무섭게 빠르게 흐르는데

너와 나의 강은
무겁게 이토록 아프게 흐르는가

서로가 사랑을
속으로만 부르짖으면서도
결코 쉬 다가서지 않은 너와 나

세월 흘러 흘러
어느 익은 계절에 목 끌어안고

저 칸나꽃 보다
붉게 찬란하게 환희하며
생 예찬의 노래를 부를 테지.

김병례

61년 충남대천 출생
시와창작에서 등단
기독교문학, 파주문인협회 회원
샘문뉴스회원, 한국문학예술인협회 자문위원

안산의 연정

메타쉐콰이어 향기 풍기는
어느 가을 무서리 짙게 뿌려진 날
숲이 좋아 산에 올랐네

무악재가 갈라놓기 전에는
봉수대가 있던 그 곳
처음에는 인왕산과 한 몸이었네

그는 항상 남산을 사모하며
낮에는 까만 머리 풀어
소식을 전해주고
밤에는 온 몸을 태워서 밝혀주었네

가을에 만난 붉은 옷차림의 여인은
아직도 횃불을 들고 있네
이제 그 여인의 숨소리는 사라졌지만
나는 봉수대에 홀로 서서
지금도 그 여인을 잊지 못하네
아직도 안산을 잊지 못하네.

쪽박은 깨지 마라

접시 깨면
사금파리가 된다는데
휴전선 깨지면
평화통일이 오겠지

세상사 맘 먹은 대로
이루어진 것 있다더냐!

그러나
달이 밝으면 구름이 끼고
꽃이 고우면 비가 내리듯이
시기와 질투로 범벅되어
내로남불이라 했겠다.

모처럼 찾아온 평화 분위기에
재나 뿌리지 말거라
아직 갈 길이 험하고도 멀다
사사건건 불평만 늘어놓는
그대는 대마도에서 건너온 쪽바리는 아니겠지.

김석인

열린문학 금상으로 등단(시 2013년), 사)국제문화예술협회 특별 심
의위원, 계간 열린문학 편집 본부장, 한국문인협회 광명시 회원, 美
I.A.E.University 문학사 , 동국대학교 평생교육원, 스피치 지도
사 1급 자격, 이화여자대학교 글로벌, 시니어플래너 지도사 자격,
국제문화예술상, 한,중 문학상 외 다수.

설렘

거세게 수평선을 넘어 온 하얀 파도
모래벌판을 할퀴고
먼 길 떠나기 위한
순간의 가쁜 숨을 고른다

깊이를 알 수 없는 파도의 늪속에
휩쓸려 부딪히는 마음의 상처도
수많은 세월 파도에 밀리며 뭍을 향해 내딛는
짝사랑 순정 같은 바위의 애타는 마음도
가늠하지 못하는 파도가 야속하기만 하구나

천둥과 번개를 안고 달려 온 시커먼 구름이
후두둑 굵은 빗방울과 우박을 쏟아내기 잠시
순간 구름 사이로 빛이 열리고
쌍무지개 드리우는 신비의 바다

하늘을 닮은 바다
바다를 닮은 하늘

하늘과 바다의 경계는 어디만치 인지
뭍으로 뭍으로 떠밀리며
꿈쩍도 않는
바위에게 묻는다.

쉬어가기

늦게 가도 괜찮고
조금 돌아가도
괜찮은 세상
가끔 쉬어가면 좋겠네

천천히 느긋하게
내딛는 발길에서
놓쳐 버린 그리움 보이면
하얀 서리 맞아 숭숭
구멍 난 시간을 세우고

사랑한다고
말해 주면 좋겠네

반들반들 닳고
패인 평상에
널린 기억들이
빼쭉 대문을 밀고
들어 온 바람을 향해

빈자리 쓸쓸한
안부를 물으면

평생 걸으며
보아온 시간들이
모두 감사이었음을

해맑은 어린아이의
웃음처럼

들녘 가득
펼쳐 놓은 별꽃이
바람의 애무에 배시시 몸을 틀며
비워 놓은 틈새로 고단의 발을 누이면
도닥도닥 다독여 주면 좋겠네

김성희

시인, 시낭송가
한국문인협회 정회원
한국문인협회 중구지회부회장, 대산문학 부회장

마스크

언제부터인가
마스크를 쓰는 게
일상이 되어버린
지구촌 사람들

추우나 더우나
스쳐 가는 바람에도
코로나 와 인연이 닿을세라
원치 않는 마스크와 함께한다

서슬 퍼런 코로나의 횡포에
앙다문 입술과 코는
마스크로 가린 채
무채색으로 변해버린 주눅 든 일상

싱그런 맑은 공기
맘껏 마실 수 있는 그날은 언제일까?
아직은 끝나지 않은 초록의 꿈
한 줄기 희망을 더듬는다.

어느 가을날

초록이 떠나간 자리
바람에 떨어지는 나뭇잎
따스한 햇살 덮고 누워
편한 잠을 청한다

낙엽 냄새 짙어가는 가을에
폭신하게 쌓여가는 은행잎
포근한 어머니의 품처럼
날 행복하게 하네

향기 한 줌 바람결에 실려와
감미로움으로 설레는 마음
사색과 여유로움을 만끽하며
아름다운 가을의 여인이 된다.

김아가타

시인.(사)국제문화예술협회/열린문학 신인상 시부문 등단
(사)한국가교문학회 운영위원장/편집위원
한국문학예술인협회 부회장/용인시낭송협회 이사
인사동예술인모임/詩歌慕 부회장/서울시낭송협회/詩音 자문위원
시집: 〈창작인의 문학노트〉동인지 外

푸른 고립을 말하다

햇살이 고샅길 한 켠 텃밭을 들러
뜸을 들이는 오후다
어머니가 당신의 유일한 병장기 호미질을
서쪽 끝까지 몰아가는 중이다
당신의 푸념을 알뜰하게 뽑아간
육쪽마늘의 마늘종을 떠나보낸 후라서 그럴까
어머니의 푸념은 늘 건전지가 다 닳은
트랜지스터의 치직거림과 같다
당신의 운명을 몇십 년 대물림한
흑백 라디오 속에 위탁한 삶
이럴 때 나는 생각한다
어머니의 푸념이 고랑을 잘 못 택한 탓일까
트렌지스터의 주파수가 잘 못 뛰어든 때문일까
세월은 남루한 마을 텃밭에 이르러
난감할 때가 많다
아직 남아있는 양철 굴뚝 끝에
알캉거림 이라도 남아있기 때문일까
어머니가 텃밭 안으로 잠입한
하루치의 황혼이 무거운지
낮은 푸념을 펴고서
옥수수밭을 뜨끈, 빠져나온다

식물기의 저녁

전철역 입구
몇 단의 열무가 시들하다
퇴근의 발길들이 눈치채기 어려운
구석진 기다림의 한 켠을 후줄근,포개어 있다
겉이 시들수록 겨우 기력을 되찾은 안쪽을 뒤적여
또 다른 기다림을 물끄러미 넘겨다 본다
아직 푸른물이 들지 않은 하이힐과
구부러진 욕망 저쪽에서 걸어온 듯한 사내들의 뒷굽 소리가
봄날의 마지막 꿍꿍이라도 찾는 듯한 저녁의 입구를
노파 하나 기다림을 질끈 포개어 앉아있다
기다린다는 건 기다리지 못한 것들의 마지막 기회
소금을 뿌려야 비로소 파랗게 깨어날
지상 한 켠의 꿈 같은 것
갑자기 골목 어디선가 소낙비가 뛰쳐나왔고
한순간 뿔뿔이 흩어지는 도시의 환영들
소낙비가 그치고
지쳐있던 노파의 함지박이 생기를 되찾자
성급한 자동차 불빛들 먼저
도시 한 켠 마지막 기다림을 빠르게 지우며 사라진다.

김영미

2003년 문예사조 시 등단
2009년 시집 『지렁이는 밟히면 마비된 과거를 잘라버린다』 발간,
그 외 공저 다수
한국문인협회 경기 광주지회 9대 지부회장 역임
착각의시학 제1회 시끌리오문학상 수상 외 다수

진달래

진이와 달래의
이름으로 너는 온다

그 숱한 기락지
귀걸이 하나 없이

온 산에
꽃씨 샘 뚫고 와
붉은 피 토한다.

내일, 어디쯤

가다가다 서글픈 맘
문설주에 묶어놓고
사금파리 담을 넘는다

몸의 갈기 올올이 찢겨간
녹슨 살 비집고 나와
숨길 틀까 순간 번쩍.

김영숙

광진문협 열린시학회 계간 문예 이사
서울시 여성 백일장 수필 장원
전국 신사임당 백일장 시 부문 장원
동화 구연 지도 강사
시집 『해는 어디고 비친다』 시조집 『하늘 그물』

불청객

오늘 산책길 울타리 위
고추잠자리 몸부림치듯
퍼뜩퍼뜩 날갯짓한다

가만히 보니 거미줄에 걸린 것이다
거미가 사냥감 마무리하려고
나오는 순간 내가 흔들어
잠자리 날려 보냈다

황급히 거미는 제집으로
물러섰는데
몇 자국 걸음 떼다
지금 내가 한 행동
과연 잘한 행동인가?

몇 날을 굶주리고
밤새 애써 쳐놓은 생명줄
허기진 목숨 이어줄
귀한 양식 불청객이 방해했네

저 거미의 원망을 어찌 감당할꼬
미안한 감정 뇌리를 맴돌고 있다.

희망

삶이 힘들고 지칠 때면
시장에 가보라
번듯한 가게보다
길거리 좌판 펴놓고
절망의 눈빛으로
호소하듯 애걸하는
할머니를 보라

그리고 TV에 비친
저 뻔뻔한 그분을 보라
뱀 혓바닥으로 거짓말투성이
처량한 인간을 보라
이것이 삶의 현실이다
또 그분을 두둔하는
철면피 집단을 보라

신이시여
진정 있기는 하신가요
얼마나 더 귀한 생명을
제물로 바라시나요
저 할머니 얼굴에
함박웃음 지을 그런 사람
어디 계신지요.

김윤곤

경북 청도 출생, 서울 거주
대구고, 외국어대학교 러시아과 졸업
월간 국보문학 시부문 신인상 수상
메리츠화재, 인산가, 인산죽염 부사장역임
서울시인대학 재학 및 전문위원. 사단법인 한국국보문인협회 정회원
제 25호 동인문집 〈내 마음의 숲〉 편집부국장

그늘

태양이
제
몸이 따가워

큰
나무
그늘 아래
몸을 뉘였다.

갈대

키가 커
허리가 아픕니다

바람이
휘두르다 가면

누웠다
혼자 서지도 못합니다.

늘씬한 몸매로
발걸음들을
멈추게 하면

풀어헤친 머리가
강가에
흩어집니다.

뜨락 김재옥

2004 강북 백일장 장려상
2011~2015 강북구 소식지 명예기자
2015 한맥 문학 신인상
한국 민주문학, 강북 문인협회, 한국문학예술인협회

한 해를 보내는 마음

무수한 사연을 담고
북풍(北風)에 몰려 맴돌아오는
낙엽은
지난 시절의 고운 꿈을 잔잔히 몰아오고

동구 밖 돌아서며
하냥 우옵시던 어머님의 전송(傳送)은
여린 가슴에
모진 생활을 심게 하여
이 오지게 추운날 밤
가슴에서 가슴으로 뿌리 깊은 사랑을 전해온다

이 밤 매연 속 별빛 흐린 이 밤
당신의 숨결을
안으로만 삭히어
당신만을
믿음으로 흠뻑 사랑하고 싶다

보신각의 종소리가 들리는 밤에
가만히 가슴을 열어

홍콩의 미소

별들 소근 대는 밤거리
꽃과 꿈 파는
홍콩 아가씨 노래
동양의 런던 구룡반도
관광객들 흥청거림

금융, 물류 빅토리아항구
피크 트램, 스카이 테라스
침사추이 해변 레이저 쑈
삼성 LG 광고
화려한 홍콩

야경이 아름다운
'100년의 고독*' 마시고
코즈웨이베이 걷다 보면
돌아와요 부산항
해운대 아른거린다.

*홍콩이 99년 만에 영국에서 반환된 후 99년에 1년을 더해 '100년의 고독' 이라는 명주(名酒)를 만들었다.

류시호

시인, 수필가, 행정사
(현) 한국문학예술인협회 상임고문
(현) 비둘기 창작사랑방 지도교수
(현) 글쓰기와 한국사 마을학교장
(현) 강남 시니어 모델 / 현 중부매일신문(2008년~현재)고정필진
(현) 동북일보 논설위원 / 현 뉴스 시선집중 논설위원

돌아오지 않는 강

정화수 떠 놓고 기다리는
꿈속에도 그리던
어머님의 팔베개

녹슨 철조망에
전쟁의 포성은 멎었지만
주인은 온데간데 없이
애처로이 울고있는 구멍 난 철모

이 목숨 바쳐 조국을 구하리
형체조차 없이 스러져간
전우를 뒤로한 채 전진 또 전진

국군은 죽어서 말한다
돌아올 수 없는 강을 건넌
젊은 넋이여

조국의 영광

무궁화꽃이 되어 피어나소서

겨레의 가슴속에

영원히 지지 않는 생명의 꽃으로

망향의 동산

오천 년 이어온 배달의 민족
무궁화동산
일제의 총칼 앞에
젊은 피 강제 징용

타향살이 몇 해 동안 청춘은 늙고
헤메 돌던 영혼
무사귀환 금의환양 바라며
정한수 떠 놓고 빌고 빌던 어머니

타관 땅 불효자는
가슴을 치며 통곡해 봐도
한번 가신 어머님은
뵈올길 없어라

고국을 떠나 머나먼 이국땅
하늘에 구름과 바람은
자유로이 오고 가건만
그리운 고향 산천은
왜 이리 머나먼지

하늘길에서나 만나려나
꿈속에도 그려보는
보고픈 부모 형제들
땅을 치며 엎드려 통곡합니다

명금자

한국문학예술인협회 수석부회장/미석문학관 기획본부장/(사)한국
가교문학회 재무국장/청암 문학작가협회 사무국장/시가 흐르는 서
울 대외협력국장/UN NGO FLML 문화예술위원/(전)통일정책연구
원 교수/제4회 대한민국 경제문화공헌대상/문화예술작가 시부문
대상/신사임당 전국 백일장/문학 사랑신문 문학대상/삼일절 문학
대상/스웨덴 노벨문학상 후보추천 최우수상 등 다수

마스크 시대

원하지 않고 뜻하지 않은
바이러스 침투
긴 시간 동안 잠재우지 못했다

향기도 냄새도 보이지도 않는 것이
스토커처럼 뒷조사하는 걸까
세상을 흔들며 따라다닌다

얼마를 기다려야 떨어져 갈까
영원히 독감처럼 달고 살까
버릴 수 없다면 가지고 놀자

시대를 초월하는 신세계 바이러스
공중을 회전하며 떠도는 비말
21세기 공간이 위태롭다

도약하는 세월을 멈추는 잠재력
서로를 밀고 당기며
거리 두기 생활에 갇혀 버렸다

아름다운 삶의 시대로
활기찬 미래를 꿈꾸는 날이
빨리 왔으면 좋겠다.

어머니

아름드리만 한 돌덩이
두 개를 포개 놓았다
어린 시절 어머니와 마주 앉아
동그랗고 조그만 구멍 속
퉁퉁 불은 콩을 한 움큼 집어넣고
좌우로 쓱쓱 돌리면
콩이 부서져 하얀 눈물 흘린다

겨울이면 두부에 도토리묵까지
야참의 비밀무기다
시골집이 마실 거리가 된 집
밤낮으로 노름에 눈먼 사람들 시중
어머니는 쉴 날이 없으셨다

덕분에 맛난 과자 사탕 아이스크림
원 없이 먹었던 시절
맷돌질에 팔이 아프셔도
성냄도 아니하신 어머니
살만하니 돌아가신 지금의 현실
세월지나 어머니가 그리워
무성한 세월 탓만 하고

나이 들어 할머니 되니
지난 추억 떠올려
애잔한 어머니 모습 그려본다.

박미향

대한세계문학 등단
대한문인협회 시서울낭송회
안산 시낭송 예술인협회
한국 가을문학협회 청일 문학회
시문회

싸움의 넋

아룸이 있어도 없어도
인간(人間)의 조화(造化) 바빠
멋과 갈등에
이성(理性)의 길이 있어

심(心)의 싸움이 변변 심해지면
인간(人間)은 인간(人間)다워
아룸이 아룸다워
노력 노력인데

자연(自然)은 인간(人間)을
조화(造化)롭게 하지 않고
자연(自然)스러움에 기적(奇蹟)
인간(人間) 악의(惡意)가 아니라
자연의 착함에 있다

그래서
인간은
싸움의 넋이요.

향香

발가스레함이
빨갛고
검브르스레

올까하는
용트리움이
공상(空想)만 했나브다

빨갛고 검브르움이
산(山)과 강(江)인데
윙 윙 네들
곡(穀)은 어디서

빵빵 세멘트
안 오니
용트리움이 있는데.

배풍국

경희대 경제학과 졸업
시문학 영글회 강의
교직생활 17년, 학원운영 25년

낙엽 줍던 가을 사랑

만추의 저녁 바람에
퇴색한 가랑잎 한적한 길모퉁이서
바스락이던 마른 낙엽 하늘 저 위로
홀홀히 날려간다

산허리에 붙들린 어설픈 서녘 해
어쩌려고 그녀의 어깨에 내려와
노을로 앉았는가 섧은 눈물 안으로
숨기고 어정거리네

언제든 마음속에 맴도는
그 체취 아름다운 목련꽃 같은

그대의 향기가 내 손등에 묻어
물에 씻기지는 않으려나

아련한 망향처럼 모두의 그리운 것들
무척이나 보고 싶다는 까닭은
연민의 아린 사랑이런가

단 한번의 큰 소리로
멀리 외쳐보는 아우성.

광복절 기념 패션쇼

정오의 짙은 햇볕 사방에
이글거리는 팔월 홀연히 닿는 나에게
환상의 나래인 양 또 다른 희망 하나

우아한 품격 시니어 모델로 도전
리버사이드 호텔 웅장한 무대
거대한 궁중 한복
패션쇼에 스스럼없이 출현했다

이마 위에 덩그러니 높은 떠구지
머리 무겁게 쓰고
왕비가 된 현란한 모습 자랑삼아
설레는 마음 한껏 뽐내기도 했다

무지갯 빛 눈부신 조명 아래 펼친
코발트 카펫 사풋사풋 디딘 발 끝
치마폭 한자락 살짝 걷어쥐고
앞 맵시 보기 좋은 춤사위 보란 듯 팔 벌여

수놓은 꽃단장 넓은 소맷자락 쭈욱 늘여뜨려 한바퀴
삼박삼박 누비며 장엄한 활보의 몸짓에
와르르 소나기처럼 박수갈채 소리에
한순간 장내를 술렁거렸다

붐빈 인파 속 눈길 단 한 번에 사로잡아
황홀감에 흔들린 나는 울렁울렁거렸다
내 한 삶 속의 언저리 일몰이 내려앉는 저녁 무렵

호수가의 길옆에 봄을 맞는 꽃잎이
화려히 핀 것같은 울림
여운이 출렁이는 빛의 소리가 여전히 들린다.

손현수

사) 한국문인협회 회원 , 종로지부 이사
대산문학회 상임이사, 가교 문학 지도위원
미석 문학관 홍보부장, 용인 시 낭송 협회 부회장
종로문협 문학상 수상, 현대 계간 최우수 문학상 수상
JTI 신노년 문학상 수상, 백두산문학협회 문학상수상
시집: 새봄 업고 노는 산기슭/동인지 서정의 햇살 외 다수

사랑의 공식

사르르 내리는 봄비
연두 분홍 초록빛깔
상큼하게 단장한 숲

꾸룩 꾸르륵
까악 까아악
필리 필리리

사랑한다
사랑할까
밀당하는 사랑의 계절

1+1= ♡ 1,2,3,4,5……
대대손손 이어갈
사랑의 공식

연정

메일 보내고
답을 기다린다

뚜벅뚜벅
걸어오는 그를
길고 짧게 본 듯한 환영

기다림이란 시간 속에서
하얗게 세어버린
검은 머리카락들.

신희자

한국문학예술인협회 사무국장
한국창작문학 신인문학상(시부문)
제 53회 신사임당 백일장 시 부문 입상
공저 : 창작인의 문학노트

나목

그리움 한 자락
가슴에 묻어두고
나목은 묵묵히
고독 속으로
빠져드는데

지나간 인연들은
추억으로 이름 짓고
사랑도 미움도
세월 속에 묻어버리자

딱따구리 소리는
허공을 찌르는데
청설모 다람쥐는
흔적조차 없구나

파르르 떨고 있는
마지막 잎새 한 잎
엄동설한 나목으로
견딜 일만 남았구나

침묵의 계절

생기 잃은 나뭇잎이
북풍에 떨고 있다

칼바람을 견뎌내는
나목은 침묵한다

낙엽 진 나목들은
가슴에다 명패 달고
빈 벤취 벗을 삼아
외로움을 견뎌낸다

세월의 흔적만은
비껴갈 수 없었던지
괴목들도 나뒹굴며
아픈 살을 깎아낸다

여운만

시인, 수필가, 시 낭송가

길손

정해진 곳 없어도
정해놓은 시간 없어도
언제나 변함없는 그 목표는 있다

언재나 함께하는 동반자
꿈속에서라도

그때. 그날. 그 시간에
헤매지 않고
두 손 꼭 마주하고
불그스레한 미소 지으며

영원하기를
간절히 기도한다.

향수

하늘 높이 훨훨 나는
철새 떼를
한없이 쳐다보다

문득 집마다 친구들 불러내
골목마다 시끌벅적
떼 지어 다니며 놀던
친구들 이름이
하나둘씩 떠오르다

아직 내 마음 깊은 곳에
자리 잡고 앉아 있는 그 이름

오늘도 내 거울 앞에서
입안으로 살며시 불러본다
함께 행복해져 본다.

유영훈

경기도 고양시 일산 거주
인하공대 학사졸업
한양대학교 경영대학원 졸업
육군 중령 예편, 신문명 아카데미와
국제블록체인 교육협회 전문강사
미8군 한국연합 통제관 역임

고장난 세월

코로나19의 영향으로 직장에서 불명예 퇴직한 지 벌써 일 년째.

아내의 쥐꼬리만한 수입에 기생하는 백수가 문득 눈을 떴다. 아니 떠졌다.

약한 빛이 새어드는 신새벽. 전자시계를 봤다.

4:44!

이런, 죽을 '사死'가 연달아 세 개라니! 잠이 확 달아났다.

이상하다. 어제도 4시 44분이었던 것 같은데….

별 것 아닌 우연한 일로 이런 불길한 기분에 사로잡히다니, 내가 생각해도 어이가 없다.

문득 오늘 오후에 맞을 2차 백신이 떠올랐다. 유난히 부작용이 많다는 2차 백신!

며칠 전에 죽은 친구. 장례식장에서 울먹이던 부인의 말이 귓전을 괴롭힌다.

"흑흑, 그렇게 건강하던 남편이 갑자기 죽다니요. 그저께 코로나 백신 맞은 후에…, 흑흑!"

사망을 예방하기 위해 백신 맞는데, 그 백신 맞고 죽은 사람이 속출하는 아이러니한 현실. 백신접종률이 90%에 달하는데 확진자 증가세는 좀처럼 꺾이지 않는 기괴한 현상.

다시 머리에 오버랩되는 4:44! 사死:사死사死!

1차 백신 맞았을 때의 고통이 떠오른다. 겨드랑이가 찢어지는 듯한 고통. 참다 참다 못해 마침내 방문한 내분비내과의원. 그리고 초음파검사를 마친 의사의 말.

"겨드랑이 임파선이 엄청 많이 부었군요. 백신 부작용 같은데 처방

약 드시면 나아질 겁니다."

또다시 머릿속을 지배하는 4:44! 사死:사死사死!

별 일 없겠지. 겨드랑이 좀 아프다가 말겠지.

그런데, 혹시 오늘 2차 백신 맞고 친구처럼 불현듯 죽을지도 몰라. 만약을 위해 깔끔한 유언이 필요하지 않을까!? 재산과 제사와 자식과 부고 등에 대한….

아침상을 놓고 아내와 내가 식탁에 마주 앉았다. 만약을 위해 내가 입을 열었다.

그런데 정작 소리는 아내의 입에서 먼저 튀어나왔다.

"저 전자시계는 맨날 4시 44분이야! 고장 난 것들은 빨리 버려야 하는 건데, 으이구…!"

나는 서둘러 입을 닫았다.

그리고 고개를 숙이고 그저 밥그릇만 꾸역꾸역 파고 들었다. 내 얼굴에 머물고 있는 아내의 입과 눈동자를 애써 외면하면서.

코로나 아리랑

요리 때문에 스트레스 받는 세월이 올 줄이야!

남편은 재택근무, 고등학생 딸과 아들은 재택 온라인 수업.

매끼를 일일이 챙겨야 한다는 건 고통이다. 게다가 남편의 변덕스런 입맛과 간식 요구는 나를 더욱 옥죄었다.

마트 방문이 주요 일상이 되고, 나만의 시간은 완전히 사라졌다.

내가 독서를 즐겼던가? 시와 수필을 썼던가? 기타를 연주했던가? 친구들과 수다와 웃음을 날렸던가?

이런 생활이 벌써 1년 6개월째.

이게 다 코로나 때문이야, 코로나!

나는 가슴이 답답하고 숨이 막힐 때마다 코로나 책임론을 되뇌었다.

문득 어제 정신과 의사의 말이 떠올랐다.

스트레스성 공황장애입니다. 커피와 술을 피하시고 충분한 휴식을 취하세요.

폰시계를 봤다.

벌써 12시.

아침 설거지 그릇의 물기가 채 마르지 않았는데 또 점심이라니!

진공청소기도 돌리고 마른 빨래도 개켜야 하는데…, 휴!

마트에서 나와 서둘러 집으로 향했다. 빠른 걸음 탓인지 가쁜 숨이 턱에 차올랐다. 엘리베이터 버튼을 눌렀다. 아니 버튼 위의 투명한 항균 필름을 눌렀다.

집에 들어서자마자 요리 재료를 싱크대 위에 쏟았다. 남편이 요구한 두부찌개 재료. 돼지고기, 두부, 감자, 양파, 대파, 고추….

잠시 선 채로 모두숨을 쉬었다.

숨을 다 고르기 전에 작은방에서 나온 딸이 짜증을 토한다.

엄마! 배고파! 그리고 외출 후에는 손 씻어야지!

참, 그렇지.

화장실에 들어서는데 거울이 먼저 맞이한다.

무척 생소해 보이는 거울 속의 나.

트러블 화장품이 있던가? 연분홍 립스틱은 어디 뒀더라?

손을 씻고 나와 요리 재료를 다듬는다. 1시가 다 되어가는데 급하다. 허리가 아프고 다리가 묵직하다. 그러나 점심 준비가 먼저다.

그때 서재문 사이로 흘러나온 남편의 호통!

벌써 1시야! 점심은!?

컥! 숨이 막히고 대꾸가 나오지 않았다.

아들이 작은방에서 나오며 칭얼댄다.

엄마, 나 배고파! 점심은!?

크윽! 또 숨이 막혀 왔다.

남편이 서재문을 거칠게 열고 나와 부엌에 얼굴을 내밀었다.

여태 뭐했어!?

컥! 크윽! 이번엔 가슴속에 묵직한 쇳덩이가 들어왔다.

입이 열리지 않았다.

의사의 당부가 떠올랐다.

속에 불이 일어나면 참지 말고 뱉어내는 게 좋아요.

남편의 메마른 지청구가 연거푸 뒤통수를 때린다.

내가 말한 두부찌개는!? 아직이야!?

문득 냄비 안의 두부가 눈에 꽂혔다.

눈에서 느닷없이 발효된 폭염 경보!

순간, 냄비 안에 손을 넣고 두부를 꽉 움켜쥐었다.

두부가 손 안에서 으깨졌다.

그 두부를 남편 얼굴을 향해 힘껏 뿌렸다.

두부 파편이 남편 얼굴 여기저기를 통쾌하게 장식했다.

동시에 나는 앞치마를 벗어던지고 현관문을 박차고 나왔다.

그리고 뇌었다.

이건 순전히 코로나 때문이야, 코로나!

윤성식

계간 '문학의봄' 제8회 신인상 소설부문 당선(등단)
문학의봄작가회 회장(2018.10.9.~현재)
한국은행 문예대전 최우수상
발표작 : 금융감독소설 3부작, 비석, 투쟁, 상처지우개 등

강물

두 손으로 휘저으며
그의 살결을 건들어도

어느새
다시 와 손잡고 있다

그의 온화한 얼굴 속을
가만히 들여다보면
새기어진 결의 흔적이 보인다

위험지니, 그의 몸뚱이는
청잣빛으로 아른거리며
굽이져 이어진 하루들같이
보드라운 살결로 남아

씻겨 버려도
다시 와 닿는
우리들의 정 닮은
이야기로 흐르고 있다.

저녁 차창

저녁 차창에 기대어
스며들 것 같은
흑회색 거울을 본다

빛을 잃어 가는 모두의 숲
들, 산, 하늘도
흑회색 무리 되어 버무려진다

윤곽은 그늘지며
침묵의 유대를 낳는다

장막이 바뀌었어도
어름 한 물든 차갑고 섧다

사진액자 속에서
목숨을 걸듯
가엾이 꿈틀거리며

변하지 않는 외곽
지점도 없이
흑 거울 속의 무리는
빠르게 사라진다.

윤은진

문학의 봄 운영위원
한국문학예술인협회 자문단장
가교 사단법인 위원
시집 『바람제』『객토』『민들레』
문학의 봄 문학상수상

따라비오름

제주시 서귀포시 표선면 가시리에 위치한 따라비오름을 다녀왔다.

따라비오름은 말굽 형태로 터진 3개의 굼부리(분화구)를 중심에 두고, 좌우 두 곳의 말굽형 굼부리가 쌍으로 맞물려 3개의 원형분화구와 6개의 봉우리로 이어져 있다.

342미터의 낮은 오름이지만, 화산폭발 시 용암의 흔적이 아름답고 부드러운 곡선을 만들어 내어, 가을이 되면 은빛 억새와 더불어 제주 오름 368개 중 가장 아름다운 오름의여왕으로 불린다.

시아버지와 며느리의 형국이라는 데서 유래하여 땅하래비 즉 지조락 이라고 부르기도 한다.

정갈하게 타 놓은 가르마 같은 곡선의 묘미는 따라비오름만의 매력이다.

20분 정도면 오를 수 있는 정상이지만 결코 쉬운 오름은 아니었다.

분화구를 가득 메운 억새의 흰 솜털로 은빛 물결이 출렁인다. 계단을 사이에 두고 양옆에 늘어선 억새들의 군무가 마음을 홀린다.

길섶에서 만나는 갖가지 야생화들과의 눈인사, 뺨을 스치는 바람과 눈부신 햇살 상쾌한 공기,

눈코 귀가 동시에 만족하는 시간이다.

절묘한 화음이 울려 퍼지는 낭만 속에 자연과 발 맞추어 걸으며 자연과 호흡하는 나를 발견한다.

꿈결인 듯, 그림인 듯, 신비로운 그 자체가 그림이고 시 였다.

몸은 앞을 향해 나아가지만 들꽃의 향기와 은빛 억새가 마음의 행로를 여러 번 가로막는다.

한 발 딛고 망연히 바라보고, 다시 한 발 딛고 멈추어 혹 귀한 풍

경을 놓쳤을까 사방을 두리번거린다. 하늘과 억새가 선물하는 빛 내림의 순간이다.

사스락 사스락 물결치는 억새밭에서 빠져나오기 싫다.

아니 어쩌면 길을 잃고 싶다.

어느새 정상의 경치가 선물로 놓였다.

숨을 잠시 멎게 한다.

변함없이 있어 줘서 자연이 건네는 평화와 안식을 나눠주기에 더욱 귀한 길이고 더없이 고마운 오름이다.

바람이 할퀴고 햇빛이 화상을 입히고 비가 삭히고 눈이 포근히 감싼 흔적이다.

삭막한 새길이 아닌 인간의 염원이 담긴 옛길이라서 숭고하다.

억새가 숱한 발자국을 품으며 땅에 어린 삶을 듣는다.

내 안의 어딘가 비틀려있던 것이 제자리로 돌아오는 느낌이다.

생명이 새삼 경이로운 것을 따라비가 선물한 깨달음이다.

오늘 밟은 이 길은 아주 사소한 시작일 것이다.

잠시 땀이 흐르고 호흡이 가빠지며 심장의 두드림이 가슴에서 손끝으로 전해진다. 걸음걸음이 사색으로 이어지는 귀한 여행이었다.

우주에서 지구를 바라보듯 따라비 오름의 경이로운 순간을 담은 인생 사진은 시시때때로 추억 속 샛별로 남을 것이다.

나의 가을은 저 능선처럼 부드럽고 복숭아꽃처럼 순수하다고…….

이성희

서예가, 심리상담사.
수필가, 시낭송 지도강사
한국시낭송치유협회회원
용인시낭송협회회원
한국문학예술인협회회원

꽃무릇 인연

꽃물결이 찰랑거려요 메마른 나의 계절에도
고로쇠처럼 작은 물방울들이 흘러요
울었지만 운 게 아니에요
그냥 눈물이 찰랑였을 뿐
때로 감정은 말보다 행동을 통해
뜨겁고 숨차게 표현되기도 하잖아요

상처가 의미를 주는 건 아니지만
스러진다하여 아무 의미가 없는 것도 아닌
잊지 않는 한
눈에 보이지 않아도
의미는 여전히 곁에 있을 테니까요
나의 등 뒤에서 홀로 불행하길 원치 않아요

적요한 침묵 위로 붉은 눈물이 고였어요
스스로 죽음이길 저어하지 않듯
믿고 싶지 않다 해서 거짓이 진실이 되진 않죠
끈적한 여름의 습기에도 그리움 한 송이 피어나길
세상에는 외사랑도 있으니까요
따끔거리는 행복도 있으니까요

장미의 서誓

경외와 두려움은 한 끗 차이
생각이 벼랑을 만난 듯 뚝 끊어졌다
이성이 제대로 작동해
의식의 흐름에 따르지 않고
타인의 목소리에 담긴 무게가 깃털처럼
가벼워졌다
오늘은 사라졌어도 마음은 계속 자각하고 있어
자신마저 빛 속에 모습을 감추는 태양처럼
눈에 담고 있던 하루의 색깔들
파삭 부서지고 조각으로 나뉜 뒤
까만 어둠 속으로 스며든다
상처받지 않을 기회를 보다
소중함을 잃는 것보다
서로에게 행복한 깊은 착각의 늪
마음에 싹이 없으면 아무리 물을 줘도
꽃 피지 않을, 탐하는 자
범하기 위해 바람 위에 펼침의 낯을 세운다.

月影 이순옥

2004년 월간 모던포엠 시부문 등단/한국문인협회 회원, 경기 광주
문인협회 회원, 한국문학예술인협회 부회장, 현대문학사조 부회장,
(사)샘터문인협회 자문위원/제12회 모던포엠 문학상 대상 수상/제15
회 착각의시학 한국창작문학상 대상 수상/제11회 샘터문학상(본상)
최우수상 수상/제1회 샘문한용운문학상 계관부문 우수상수상/제 4
호 설만한물가 작가대상 수상/저서 : 월영가, 하월가, 상월가

가을 길

구름 치솟아 높고 높은 하늘
고추 잠자리 떠 있는 그 나라
가을속으로 가자

흔들리는 갈대숲을 지나
코스모스 허리 꺾이는 길을 지나
풀벌레 합창단 송가를 들으며 가자

잦아드는 시냇물에
얼굴 붉힌 단풍잎 하나 띄우고
허전히 쓸리는 마음도 함께 띄운다

산 그늘 접히는 동구 밖
으스스 서글픈 가을 길
바람이 세월 데리고 가는 길섶에
무거운 삶의 짐 내려놓고 가자.

응모작품

강강수월래 하듯
낱말들 하나 둘 모여들어
빙빙 돌다가

어처구니 없는 맷돌 위에서
아우성이다

앞서거니 뒤서거니
행간 찾지 못한 행렬이
껌벅거리며 커서 따라
모니터 안으로 줄지어 들어온다

장평 100%, 줄 간격 160%, 글꼴 바탕체가
응모원고지 안에서 벌을 서고 있다.

이옥금

국군간호사관학교 졸업, 경북의대 chp과정수료
한국문인협회, 경북문인협회, 한국공무원문인협회
자필문학, 상주문학회원
소월문학상, 경북작가상, 공무원문학상
전국여성문학대전 시부문 최우수상
제1시집 『노을꽃』
제2시집 『해질녘 강가에서』

까치집

굴참나무 꼭대기에
동그라미 하나

속세를 멀리 한
지상낙원이라오

고운 햇살 맑은 바람
창공 가득 담아두고

별들과 속삭이는
낭만적인 너의 삶이

비워서 풍요롭구나
하늘 가까운 보금자리.

알밤

밤샘 진통 끝에
땅으로 안기는 핏덩이

풀벌레 축가 속에
미래의 꿈이 잉태된다

한여름 가시 속 보금자리
아쉽지만
버리고 떠나는 이유

생명의 맥 이어 가는
무언의 미학.

이재성

월간 한맥문학 시등단
한국문인협회 회원, 한국시인연대 회원, 연천문인협회 회원
월간 한맥 문학 자문위원, 한국문학예술인협회 고문

눈물십계명

1. 소리없이 흐르는 눈물
2. 이슬처럼 눈가에 맺히는 눈물
3. 함박눈처럼 엉엉 쏟아지는 눈물
4. 벼개닛을 적시는 눈물
5. 아무도 없는 허공에 날리는 눈물
6. 가슴까지 함께 들섞이는 눈물
7. 울어도 울어도 그치지 않는 눈물
8. 이가 악물어지는 눈물
9. 기가 막히는 눈물
10. 웃음섞인 눈물

코로나 19시대의
온세상 70억 인구와 함께

웃음 십계명

1. 깔 깔 깔, 깔 깔 깔
2. 하하하하, 하하하하
3. 호 호 호, 호 호 호
4. 히히히히, 히히히히
5. 큭큭큭큭, 큭큭큭큭
6. 헤 헤 헤, 헤 헤 헤
7. 훗 훗 훗, 훗 훗 훗
8. 허 허 허, 허 허 허
9. 흠 흠 흠, 흠 흠 흠
10. 크 크 크, 크 크 크

코로나 19시대의
온세상 70 억 인구와 함께

雪松 이정순

2002년 아직 늦지않으리 시집출판
2015년 사랑이 매아리처럼 소설출판
2016년 유투브채널 개설, 2017년 대학로 시낭송 금상수상
2021년 한국미협 예솔회 홍보부장
2022년 (현)미석문학관 부관장, 한국문학예술인협회 자문위원

113

방침

잘 살아가는
방침이 있다는데
어부는 물때를 잘 맞추어야하고.

장사도
손님은 왕이라는 지혜를 가져야 하고

사랑도
기회를 잘 잡아야 하고

흘러가는 세월 속에
우리는 서로 공존하며
가는 곳 아리송하다

마지막
잘 알아야 할 것 같은

그곳에 가는
방침은 어디에서 누구에게 알아 볼거나?

삶

오늘도
나는 이렇게
어디엔가 내 마음을 보여본다

삶은 그래도 언제든
지금이 가장 아름답다고
눈을 뜨나 감으나

해가 뜨면 뜨는 대로
달이 뜨면 뜨는 대로
바람이 불어오면 오는 대로

자연의 섭리대로
나 또한
거부치 않고 순응하리라

그레도 언제든
지금이 나의 삶이니까?

임상빈

1951년생
성남시 분당 거주, 전북 군산 출생
서울교대 졸업, 초등학교 근무
교감퇴임

친구

나는 어떤 친구인가
나도 모르는
나로 바라볼 수도 있겠지
나부터 뒤돌아본다

그러니 친구에 대한
나의 생각도
오해일 수 있겠다는 것

내 마음만 바로 하고 있으면
물 흐르듯
순리가 알려 주겠지

인간은 미숙한 존재
죽을 때까지
생각이 커가는

그러니 새날마다
새롭게 친구 하자
진심이 쌓이면 정이 쌓인다.

시간

정답을 모를 땐
시간을 기다려보자

시간이 알아서 결론을 내고
해답을 찾는 것을 보았다

순리는
역방향으로 흐르지 않는다.

죽을 것 같은
고통의 시간도
무대 위에 나를 세우고

객석의 한 귀퉁이에서
바라보자

그 시간만큼은
무대 위의 나도
객석의 고통스러운 나도

무념무상 멍때리면
순간은 똑같은 시간이다.

고통스러울 땐
무대 위에
나를 세우자.

장봉순

서울
창작사랑방 수강

구름

너는 어디서 왔다가
어디로 가는 거니

그리운 사람 만나러
가는구나

네가 가는곳에
보고 싶은 인연들이 있을까

나도 너를 따라
흘러 흘러

꿈속에 그리던
친구 만나

오손도손 도란도란
회포를 풀어볼까나.

외할머니

두메산골 양지바른 의령
일평생 양촌부락 촌부로 사시다가
하늘나라 소풍가신 외할머니

오늘따라 가슴 시리게
그립고 눈이 아리도록 보고 싶습니다

엄마 떠난 서러운 자리
외손녀 생일파티 열어 주시며

친구들과 사이좋게 지내길
간절히 바라셨지요

길섶에 노란 민들레 피고
벚꽃잎 사르르 흩날리면
봄을 좋아하셨던 외할머니가
사무치게 그리워집니다

한산모시 치마저고리
곱게 차려입으시고
사월 초파일이면
먼 산 너머 절을 찾아가시던

그 모습 눈에 선합니다
엄마 잃은 우리 자매
잘되거라 부처님전
빌고 또 비셨지요

멈추지 않는 강물같이
세월이 흘러도
나이를 먹지 않는 기억 때문에
자꾸만 눈물 납니다.

정옥희

진주 출생, 진주사범대, 중학교 교사
내외 신문 편집국장
산업 카운슬러 1급 자격심리학, 1급자격
시향, 서울 ,부회장 시 낭송가
2019년 서울 한국시문학회 시인 등단

우리 사위

착하고 선한 마음
기특하고 이쁜 마음
그 무엇에 비할까

가슴 뭉클한 감동으로 다가와
눈가에 이슬방울 맺히고

그리움과 감사함에
시야가 흐려지지만

눈물 훔치며
글 쓰는 마음을
무엇으로 표현할까

행복하게 잘
살아가길 기도하는 마음

따뜻한 기운 받아
행복하게 지내길

청명한 하늘을
우러러보며
가을바람에 실어 보낸다.

아가의 봄나들이

노란 유모차에
아기꽃은 피어나고

청아한 목소리는
봄을 알리는 새싹의 모습

뜻 모를 외침은
올챙이의 울음인가

병아리 몸짓은
개나리꽃의 피어남일까

앞에서 웃어대는
엄마의 목소리는 사랑의 메아리인가

꽃보다 어여쁜
아가의 모습은 천사의 모습

뜻 모를 외침은
산소방울 터지는 소리

어여쁜 아가
꽃 봉오리 같은 아가
물방울처럼
영롱한 하연아 사랑해.

정유주

전문대학 졸업, 금호전기 경리부장
Dti 무역회사 실장
김종수아카데미 스피치&성공전략
전문가과정 11기수료
미석문학관 발전위원장, 한국문학예술인협회 자문위원

우정

내 친구는 연꽃이다
늘 편안하다
슬픔도 아픔도 그에게 가면
조용히 연꽃속으로 미소한다

새벽에 피었다
햇살이 밝고 더워지면
물밑으로 몸이 깊이 들어간다

그 친구는 아프다
그래도 해맑고 늘 그립다

새벽이면
평생을 묵상하고 기도한다

고질적인 삶의 슬픔도
그에게 가면 치유를 맛본다

사랑한다
어릴제 골목 가시나 둘은
나이들어 가고

누구보다 서로 아낀다
보석이 연꽃에 숨어 있다
친구야 넌 연잎.

가족

어둠속에서 밥통을 열어본다
쌀은 하얀 별이 되었다

밥은 끈끈하다
서로 엉겨 있다
껴 안았다

가족은 따뜻한 밥이다
별이 웃는다.

조혜숙

한국문학예술인협회 운영 위원장
청암 문학 홍보이사
한국 창작문학 회원

삶이 행복해지려면

1. 눈 뜨면 갈 수 있는 곳을 만들어라
2. 좋아하는 일을 한 가지 이상 만들어라
3. 일을되 즐거운 마음으로 하라
4. 하는 일을 긍정적인 생각으로 임하라
5. 건강을 해치지 말고 일하라
6. 하는 일이 다른 사람에게 피해를 주지 않도록 하라
7. 하는 일에 나의 자존감을 높여가라
8. 하는 일을 어떻게 해야 잘할 수 있는지 성찰해 보라
9. 하는 일에 용기와 열정과 인내심을 갖고 노력하라
10. 실수한 것에 머물지 말고 원인을 찾아 극복해 나가라
11. 마음이 통하는 친구를 만들어라
12. 시간을 잘 활용할 수 있는 방안을 모색하라
13. 건강을 생각해서 운동을 한가지 이상 하라
14. 못하는 것을 탓하지 말고 하나의 과정에 있는 것이다
15. 머물러 있는 생각은 부패한다
    생각하는 사람은 분명한 발전이 있다, 고로 생각하며 살자
16. 좋은 인성을 갖도록 좋은 글을 읽고 말을 아름답게 하자
17. 대화할 때는 늘 말의 끝을 내려라.

바로 나 바로 나(노래가사)

1절

부서지는 태양이 이글거릴 때
태어난 사람 바로 나 바로 나

나팔바지에 정자나무 아래서
기타 치며 노래했던 바로 나 바로 나

여자친구와 뚝방길 걸으며
데이트했던 바로 나 바로 나

야근을 밥 먹듯이
일하며 앞만 보고 달려왔던 바로 나 바로 나

인생의 맛을 알아가는 바로 나 바로 나
아 ――아 내가 벌써 육십을 지나가고 있구나
아 – 아 세월은 빠르구나

2절

제2에 인생을 펼쳐보는 바로 나 바로 나

부정은 버리고
긍정으로 살아가는 바로 나 바로 나

아픔도 슬픔도 기쁨도 행복도
같이 가는 인생 바로 나 바로 나

아침이 감사하고 저녁이 고맙다고
생각하는 바로 나 바로나

덧없이 가는 인생이구
바로 나 바로 나 잘 살았다고 전해주오
바로 나 바로 나 행복했었다고
전해주오.

한규원

1960년 논산 출생. 공주대학교 졸업
한국문인협회 시분과 회원, 한국문학예술인협회 회장
시: 『춤추는 계절』, 『구름밭에 하얀인연』
수필: 『추억을 여는 황금열쇠』, 『가시없는 장미』
소설: 『도도한 여자』
동시, 동화작품 다수, 미석美석문학관 운영

코털깎는남자

눈꽃 분분히 날리던 어느날
하루를 접은채
식탁과 마주한 철부지 남자

갸름한 얼굴에 은은한 미소
어두운 터널 몇 차례 오갈때 마다 히죽거리며 웃는 모습
콧속은 아직 한여름인가보다

구수한 숭늉 한 사발에 붉어진 입술 짠했던 지난세월 어지럽게 널
브러져 한 폭의 풍경화처럼 스쳐가고

오늘도,
시래깃국 구수하게 끓이는 여자와 코털깎는남자,
행복한 꿈나라로 오붓한 여행을 떠난다.

노랑 고구마

햇살은 잔잔히 부서져 내리고 땅속에선 넝쿨 타고 주렁주렁
씨알이 씨알을 품고 춤춘다

금싸라기 햇볕 흠뻑 받으며
가을 하늘 아래 씨알은 어미 되어
하얀 진액 토하며 차곡 차곡 자루에 담긴다.

그속에서 노랑 흙 품고
어머니 기억 속으로 따라나선다.

홍서영

시인, 시낭송가
한국시서울 문학회 운영위원, 새한국문학회, 김소월문학회
시낭송대회 동상수상
대한시문학협회 운영이사
2018년 서울시 지하철 공모전 당선, 각 기관단체 강사로 활동

문학과 예술인의 한마당 축제

한규원 외 지음

발 행 처 · 도서출판 청어
발 행 인 · 이영철
영   업 · 이동호
홍   보 · 천성래
기   획 · 남기환
편   집 · 방세화
디 자 인 · 이수빈 | 김영은
제작이사 · 공병한
인   쇄 · 두리터

등   록 · 1999년 5월 3일
(제321-3210000251001999000063호)

1판 1쇄 발행 · 2022년 12월 3일

주소 · 서울특별시 서초구 남부순환로 364길 8-15 동일빌딩 2층
대표전화 · 02-586-0477
팩시밀리 · 0303-0942-0478

홈페이지 · www.chungeobook.com
E-mail · ppi20@hanmail.net
ISBN · 979-11-6855-099-5(03810)

본 시집의 구성 및 맞춤법, 띄어쓰기는 작가의 의도에 따랐습니다.

강성학　강영숙　강정순　강종림　김만영　김병련　김석인

김성희　김세영　김시언　김아기타　김영미　김영숙　김윤곤

김재오　류시호　류일화　명금자　박금순　박미향　박소영

배명숙　배종우　배풍국　서대봉　손현수　신희자　안재헌

여운만　유미애　유영훈　윤성식　윤요호　윤은진　이미화

이성희　이순옥　이옥금　이재성　이재실　이정순　임상빈

장봉순　정옥숙　정유주　조영자　조혜숙　최규순　최민경

최용림　한규원　홍서영　홍학표　황명희

값 15,000원

ISBN 979-11-6855-099-5
03810
9 791168 550995